Christian Jolibois
Christian Heinrich

Les P'tites Poules
Collector

POCKET JEUNESSE

L'auteur

Fils caché d'une célèbre fée irlandaise et d'un crapaud d'Italie,
Christian Jolibois est âgé aujourd'hui de 352 ans.
Infatigable inventeur d'histoires, menteries et fantaisies,
il a provisoirement amarré son trois-mâts *Le Teigneux*
dans un petit village de Bourgogne,
afin de se consacrer exclusivement à l'écriture.
Il parle couramment le cochon, l'arbre, la rose et le poulet.

L'illustrateur

Oiseau de grand travail, racleur d'aquarelles
et redoutable ébouriffeur de pinceaux,
Christian Heinrich arpente volontiers
les immenses territoires vierges de sa petite feuille blanche.
Il travaille aujourd'hui à Strasbourg et rêve souvent à la mer
en bavardant avec les cormorans qui font étape chez lui.

Du même auteur et du même illustrateur

La petite poule qui voulait voir la mer
(Prix du Livre de jeunesse de la ville de Cherbourg 2001)

Un poulailler dans les étoiles
(Prix Croqu'livres et Prix Tatoulu 2003)

Le jour où mon frère viendra
(Prix du Mouvement pour les villages d'enfants 2003)

Nom d'une poule, on a volé le soleil !
(Prix Tatoulu 2004)

Charivari chez les P'tites Poules
(Prix du Jury Jeunes Lecteurs de la ville du Havre 2006)

Les P'tites Poules, la Bête et le Chevalier

Jean qui dort et Jean qui lit
(Prix Chronos Vacances 2007)

Sauve qui poule !

Coup de foudre au poulailler

Un poule tous, tous poule un !

Album collector (tomes 1 à 4)

Album collector (tomes 5 à 8)

Loi n° 49-956 du 16 juillet 1949
sur les publications destinées à la jeunesse : novembre 2007.
© 2007, Éditions Pocket Jeunesse, département d'Univers Poche.
ISBN : 978-2-266-17705-4
Achevé d'imprimer en France par Pollina, 85400 Luçon – n° L59670
Dépôt légal : novembre 2007
Suite du premier tirage : février 2012

La petite poule qui voulait voir la mer

4

Au poulailler, c'est l'heure de la ponte !

Sous le regard attendri de leur maman,
les petites poules s'appliquent
et se donnent beaucoup de mal.

Seule Carméla refuse de faire son œuf.
– Pondre, pondre, toujours pondre !
proteste-t-elle,
il y a des choses plus intéressantes
à faire, dans la vie !

Carméla préfère écouter
Pédro le Cormoran
lui parler de la mer.
Pédro a beaucoup voyagé !
Et même s'il est un peu menteur,
la petite poule adore les histoires merveilleuses
qu'il raconte.

« Un jour, moi aussi, j'irai voir la mer »,
se dit la petite poule.

Un soir,
au moment de regagner le poulailler
pour aller dormir,
Carméla se révolte :
– Je refuse d'aller me coucher
comme les poules !

Moi,
je veux
aller
voir la mer !

– Aller voir la mer ?
Et pourquoi pas voyager pendant que tu y es !

Le père de Carméla n'a jamais entendu
quelque chose d'aussi stupide.

– Est-ce que je voyage, moi ?
Apprends, Carméla, que la mer n'est pas
un endroit convenable
pour une poulette !
Allez, au nid !

Cette nuit-là,
Carméla ne parvient pas
à trouver le sommeil.
Soudain, n'y tenant plus,
elle se lève.
– C'est décidé, je pars !
Je pars voir la mer !

Carméla regarde une dernière fois
son papa, sa maman,
ses frères, ses sœurs,
ses cousins, ses cousines
et quitte le poulailler sans bruit.

Mais, au matin,
ses efforts sont récompensés.
Arrivée au sommet d'une dune,
elle aperçoit enfin...

...la mer !

Carméla est éblouie
par le spectacle merveilleux
qui s'offre à ses yeux.
– Comme c'est beau ! s'écrie la petite poule.
Encore plus beau
que ce que m'a raconté Pédro !

Impressionnée par les immenses vagues,
Carméla hésite à entrer dans l'eau.
Elle commence
par faire des châteaux de sable,
ramasse des coquillages,
déguste des crevettes.
Puis elle se jette à la mer.
Elle boit la tasse – glup ! glup ! –
tousse, crache, fait la planche,
nage, plonge, glisse
et fait même pipi dans l'eau...
Et elle rit, elle rit...

21

Le jour commence à baisser
et Carméla songe à rentrer au poulailler.
Mais, horreur ! La côte a disparu !
Impossible de retrouver la terre ferme.

– Papa ! Maman ! hurle la petite poule.

Personne ne répond.
Écrasée de fatigue, Carméla s'endort,
perdue dans l'immensité de l'océan.

24

Soudain,
Carméla est tirée de son sommeil
par des cris perçants :
« Poule ! Poule à la mer ! »
Trois formidables navires
viennent de surgir.
Trois belles caravelles.
C'est le grand Christophe Colomb
en personne qui fait route
vers le Nouveau Monde.
Tout à coup, une vague énorme
projette Carméla sur le pont
de la *Santa María*.

– Plumez cette volaille et faites-la cuire !
ordonne le capitaine.

Carméla refuse d'être mangée !
Elle raconte alors son incroyable voyage
pour impressionner Christophe Colomb.

– Ça suffit ! s'emporte Christophe Colomb.
À la casserole !
– Attendez, capitaine, s'écrie Carméla.

Un œuf !

Je promets de pondre un œuf frais
chaque matin, pour votre petit déjeuner.
Ce sera l'œuf de Christophe Colomb.

Elle se mord aussitôt la langue !
– Pondre un œuf ? Aïe, aïe, aïe !
Jamais je n'ai fait ça !
Et maman qui n'est pas là
pour me montrer comment on fait !

– Oh ! Ça ne doit pas être si compliqué !
Et elle se met à l'ouvrage.

– Ça y est ! J'ai réussi ! Faciiiiile !
J'ai pondu un œuf ! J'ai pondu un œuf !

Un matin,
alors qu'elle pond son trente et unième œuf,
la petite poule aperçoit une plage
et une immense forêt à l'horizon,
Carméla vient de découvrir l'AMÉRIQUE !

— Vite, vite !
Trouver un bon coin où gratter !
Voilà des semaines que je rêve
d'un bon ver de terre bien frais !

À bord de la caravelle,
les semaines passent.

31

À l'ombre des grands arbres, un petit coq l'observe :
— Ça alors ! Une poulette toute blanche !

Carméla s'avance, un peu intimidée :
— Bonjour, je m'appelle Carméla...
— Moi, c'est Pitikok...
— Je viens d'un lointain poulailler,
là-bas, de l'autre côté de la mer...
— Ouh, là, là, tu viens de loin !
— C'que tu es rouge, Pitikok...
— Et toi, c'que tu es belle, Carméla !
Viens, je vais te présenter à mes parents.

– Papa, maman !
Devinez qui vient dîner ?

Ce soir, en l'honneur de Carméla,
c'est la fête au poulailler.

– Pitikok ? J'voudrais te demander...
Pourquoi les poules de chez vous
ont-elles le derrière tout nu ?

– C'est la coutume. Les Indiens utilisent
nos plus jolies plumes pour se faire beaux !
Suis-moi dans ma cachette secrète,
Carméla, on sera plus tranquilles !
– Chouette ! Dis ? Je peux reprendre
de ces bonbons jaunes ?
– C'est pas des bonbons, c'est du maïs !

Pitikok veut tout savoir sur Carméla.
– Tu as des frères ? Des sœurs ?
Comment est ta maison ?

Carméla lui parle de son vieux poulailler et
de son grand ami, Pédro le Cormoran.

« Ce qu'elle est drôle, pense Pitikok. »
– Euh... Carméla...
– Oui, Pitikok...
– Si tu es d'accord, demain,
je t'emmène visiter mon pays.

Et les voilà partis
sous la conduite de Pitikok.
Au fil des jours, ils découvrent
qu'ils s'amusent des mêmes choses.
Ils n'ont jamais été si heureux.

– Pitikok, t'entends le tambour des Indiens ?
– Non ! C'est mon cœur qui bat très fort
car tu es près de moi...

Carméla et Pitikok sont de retour
au poulailler des poules rouges.
Ils ne se quittent plus.

– Hooouuu, les z'amoureux... !
Hooouuu, les z'amoureux... !

Le temps passe vite.
Christophe Colomb a fait hisser
les voiles de son navire.
Il est temps d'embarquer !
Pitikok aime tellement Carméla
qu'il a décidé de partir avec elle.
Il fait ses adieux à toute sa famille.

– Bouhouuu, pleurniche sa maman.
On élève son bébé,
et puis un jour il vous quitte.

Après plusieurs semaines,
Pitikok et Carméla arrivent enfin
devant le vieux poulailler.
– Hééé ! Regardez qui nous revient !
– C'est Carméla ! Carméla est de retour !
– Maman !
– Mon poussin ! Laisse-moi te regarder.
Comme tu as grandi !
Tu es devenue une vraie dame.

– Et qui est ce jeune poulet si charmant ?
– Je m'appelle Pitikok, m'sieu.
– Bienvenue dans notre poulailler,
mon grand !

Au printemps suivant
Carméla et Pitikok assistent,
très émus, à la naissance
de leur premier enfant,
un mignon petit poussin
qu'ils décident d'appeler Carmélito.

44

– Carmélito ? C'est l'heure de rentrer !
– Déjà ? Encore une petite minute, m'man,
je regarde scintiller le ciel dans la nuit.
– C'est l'heure d'aller dormir !
– Dormir, dormir, toujours dormir !
Je refuse d'aller me coucher
comme les poules, proteste Carmélito.
Il y a des choses plus intéressantes
à faire, dans la vie...

Moi,
je veux aller
dans les étoiles!

Un poulailler
dans les étoiles

Dans la basse-cour, Carmélito et ses copains
profitent joyeusement des dernières lueurs du jour.
Bientôt il faudra aller se coucher.

– On arrête de jouer, les enfants ! Vite, vite !
Le renard arrive ! s'écrie la maman de Carmélito.
J'aperçois déjà son œil qui brille…

Aussitôt, poulettes et poussins
se précipitent vers le poulailler.

– ... Trente-sept..., trente-huit...,
trente-neuf..., compte Carméla.
Vite ! Vite ! Je vois les dents
du renard luire dans l'obscurité.
Trente-neuf ?... Mais il en manque un,
et c'est le mien !
Où es-tu, mon poussin ?
Rentre vite ou tu vas te faire croquer !

– Même pas peur ! répond Carmélito
qui regarde, émerveillé, le ciel scintiller dans la nuit.

– Nom d'une plume, s'écrie-t-il soudain :
Une étoile filante !

Depuis qu'il est sorti de son œuf,
Carmélito rêve d'approcher les étoiles !
Et voilà qu'une de ces merveilles
file derrière le petit bois...
– J'arrive, ma belle ! s'exclame-t-il
en s'élançant vers les arbres.

Son rêve est là,
immobile sur le sable.
C'est trop de bonheur
pour un petit cœur de poulet !
« Pauvre étoile !
Elle semble épuisée par le voyage »,
se dit le poussin
en la ramassant délicatement.
Il s'écrie alors, étonné :
– Bizarre !
C'est tout mou et ça sent le poisson…

– J'ai trouvé une étoile !
C'est le plus beau jour de ma vie...

Puis il court annoncer l'incroyable nouvelle
à son vieil ami Pédro le Cormoran.

– Ha, ha, ha ! Ça ! Une étoile filante tombée du ciel !
s'esclaffe Pédro.
Mon pauvre Carmélito,
ce n'est qu'une étoile de mer…
et pas très fraîche !

Le vieux cormoran,
qui fait l'intéressant, poursuit :
– Apprends, mon poulet,
que les étoiles n'existent pas !

Je t'explique :
la nuit, la Terre est recouverte
d'une gigantesque passoire toute noire.
Et les étoiles, c'est la lumière qui passe
par les petits trous de la passoire.
Hi, hi, hi...

Carmélito fond en larmes.
Bélino, le petit bélier, s'approche de lui.

– Ne pleure plus, Carmélito.
Tiens, j'ai ramassé ton étoile.
Je vais te dire un secret :
Moi, j'ai un ami, le signore Galilée.
Comme toi, il passe ses nuits à observer les étoiles.

Viens, je vais te conduire auprès de lui.

Ils arrivent près de la maison
de l'astronome...

— Quel étrange bonhomme ! chuchote Carmélito.
Il parle tout seul en regardant les étoiles dans un drôle de tuyau.

– Tu sais, le chat, marmonne le vieil homme, grâce à cette lunette,
j'ai découvert des centaines de nouvelles étoiles.
Et si nous n'étions pas seuls dans cet univers ?

– Bêêêê-soir !
– Ah, c'est toi, Bélino, s'écrie le vieux savant.
Tu es venu avec un copain ?
– Soir, m'sieur Galilée. Je m'appelle Carmélito.
Dis, tu me laisses regarder les étoiles
dans ton… tuyau-truc-machin ?

– Whaoouu ! Comme elles sont près !
Si près que je pourrais les toucher… Hé, m'sieur ?
Quand est-ce qu'on pourra les toucher pour de vrai, les étoiles ?
– Toucher les étoiles ? Ouh ! Ouh ! Ouh ! glousse Galilée.

Quand les poules auront des dents !

Pendant ce temps, dans l'espace...

– Oh, maîtresse, regardez la jolie planète bleue !
– Doucement, les enfants ! Dou-ce-ment !
Voyons si elle est indiquée dans mon guide… ?
Mais oui ! Elle s'appelle la Terre.

Ooooh ! Qu'elle-est-jo-lie !

– Maîtresse, j'ai envie ! C'est pressé !
supplie une petite voix.

– Ça ne peut pas attendre, Saturnin ?
Eh bien, nous allons faire une petite halte sur Terre.
Nous en profiterons pour rapporter plein de choses...

– Allez, les enfants, regagnez vos places,
attachez vos ceintures et chaussez vos lunettes de protection.

Plus vite, chauffeur !
Plus vite, chauffeur !
Plus viiiite !

Après une nuit de travail,
Galilée est allé se coucher.
Les deux amis se sont endormis à leur tour.
Soudain, Carmélito est tiré de son sommeil
par un terrible grondement.
Un dragon vomissant toutes les flammes de l'enfer
surgit dans le paisible jardin.
– Bélino ! Bélino ! réveille-toi !

- Super-chouette !
Une vieille baraque à explorer...

– Je ne rêve pas ! s'écrie Carmélito. Ce sont des poules !...
Des poules vertes... Et en plus, elles ont des dents !

– Je l'ai vu le premier ! Lâche ça !
– Pouah ! C'est vieux et c'est moche !

– Souriez, les potes, vous êtes filmés !
– Doucement, les enfants… Dou-ce-ment !

75

La première frayeur passée, Carmélito ne peut résister à l'envi
d'aller visiter cet étrange poulailler tombé du ciel.
– Allez, viens, Bélino ! s'enhardit le poussin.
– Et si on retournait plutôt chez nous,
répond prudemment le petit bélier.

Un peu à contrecœur,
Bélino finit par rejoindre son ami.

– Y a quelqu'un ?
demande timidement Carmélito.

- Bouhouououou...

– J'trouve plus mes bottes de sortie...
Tout le monde est descendu
et moi j'suis toute seule
et j'ai peur... Bouhououou...

– Bonjour ! lance timidement le poulet rose.
T'as besoin d'aide ?

En apercevant le poussin et le bélier,
la petite poule verte, rassurée,
cesse immédiatement de pleurer.

– Je m'appelle Céleste, dit-elle en reniflant,
et je suis dans la classe de madame Quasar.
– Moi, c'est Carmélito, et lui, c'est Bélino...

– Pas mal, ton poulailler ! s'extasie Carmélito.
– Comment ça marche, ce truc ?
demande Bélino.
– Ben, avec un moteur en étoile, tiens !
– Un moteur ? Qu'est-ce que c'est un moteur ?
– Hi, hi, hi… Vous êtes des marrants, vous.
J'vous fais visiter ?

– On est en classe verte, leur explique la poulette.
Avec la maîtresse, on s'arrête un peu partout
et on visite les étoiles.
– Tu viens des étoiles ! s'écrie Carmélito.
Alors, j'avais raison !
Elles existent !
– Évidemment, dit Céleste.
Regardez toutes les belles choses
qu'on a trouvées. On va les étudier à l'école.
– Qu'est-ce que c'est, l'école ? demande Carmélito.
– Vous n'allez jamais à l'école ? s'étonne la poulette.
– Ben… non !
– Oh, la la, les gars !
On va tout reprendre depuis le début…

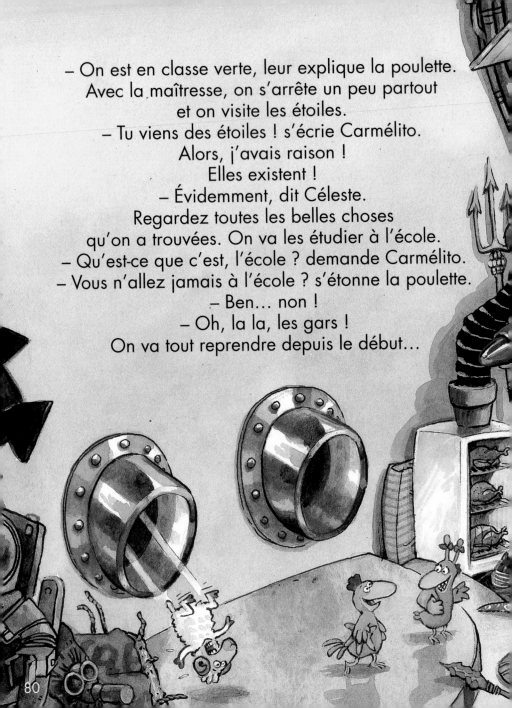

Céleste explique patiemment :
– Notre galaxie comprend des milliards d'étoiles...
– Euh... c'est combien, des milliards ? demandent les deux ami‹
– Ben, c'est... c'est très beaucoup,
répond la petite poule, embarrassée.

Une question brûle le bec de Carmélito :
– Céleste, ne te fâche pas, mais...
pourquoi vous avez des dents ?

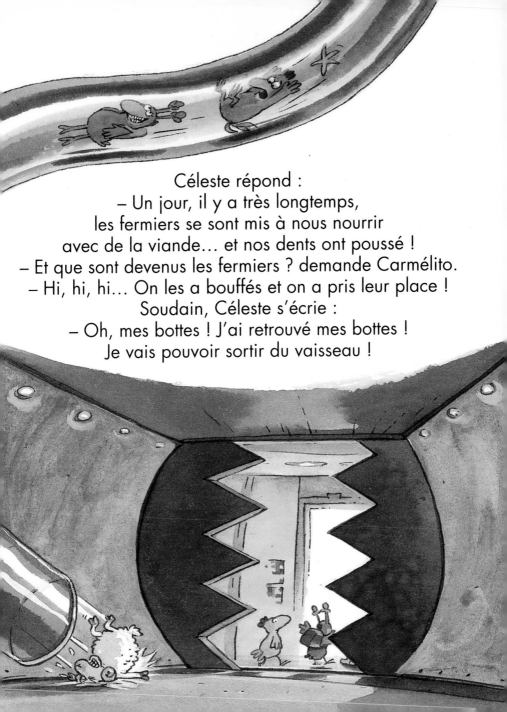

Céleste répond :
– Un jour, il y a très longtemps,
les fermiers se sont mis à nous nourrir
avec de la viande… et nos dents ont poussé !
– Et que sont devenus les fermiers ? demande Carmélito.
– Hi, hi, hi… On les a bouffés et on a pris leur place !
Soudain, Céleste s'écrie :
– Oh, mes bottes ! J'ai retrouvé mes bottes !
Je vais pouvoir sortir du vaisseau !

– C'est pas tout ça, les garçons, mais il faut que je trouve
quelque chose à rapporter de votre planète,
comme l'a demandé la maîtresse !
– Céleste, accepte ceci en souvenir de nous,
propose alors le petit poussin. C'est une étoile !
La seule étoile qu'on trouve sur la Terre !
– Tu vas voir, c'est rigolo, ajoute Bélino,
c'est tout mou et ça sent le poisson…

Céleste est ravie.
Jamais elle n'a vu pareille merveille.
Sur sa planète, il n'y a ni mer ni océan…
– À moi de vous faire un cadeau,
bredouille-t-elle, très émue.
Tenez ! c'est peu de chose…
Mais ça me fait plaisir !

– C'est un morceau de l'étoile du Berger
que j'ai ramassé hier, explique la poulette verte.

– Je ne le crois pas ! Bélino, t'as vu ça ?
C'est extraordinaire !

**Je touche une étoile !
Je touche une étoile !**

Approchez ! s'exclame Céleste. Je vais vous montrer comment trouver ma planète. La nuit venue, cherchez un groupe d'étoiles qui dessinent un renard dans le ciel.
Vous voyez son œil qui brille ?
Eh bien, c'est là que j'habite !

Mais voilà qu'on s'agite autour de l'autocar spatial.
La halte est terminée et toutes les petites poules embarquent...
C'est le douloureux moment des adieux.

– Doucement les enfants…
dou-ce-ment !
…Trente-sept… trente-huit…
trente-neuf…
Il m'en manque une !
Céleste ! hurle madame Quasar,
on s'en va !

– Où étais-tu, Céleste ? Allez, allez !
Maîtresse, regardez ce que je rapporte : une étoile de Terre !

-Adieu ! Adieu, Céleste !
-Jamais on ne t'oubliera !

La fusée a disparu et la fumée s'est dissipée.
– Il est temps de rentrer, suggère le petit bélier.
– Déjà ? répond Carmélito. Quel dommage !

– Tu sais comment sont les parents :
on s'absente cinq petites minutes
et ils en font toute une histoire…

Les deux amis ont préféré ne rien raconter
de leur extraordinaire rencontre.
D'ailleurs, qui les aurait crus ?

Au poulailler, la vie a repris son cours.
Lever avec le soleil, coucher avec les poules…
– Carmélito ? Rentre, mon poussin,
ou le renard va te croquer…
– Ouiii, m'man ! Encore une petite minute !

– Oh, regarde, Carmélito ! Une étoile filante.
Je vais faire un vœu.

– Moi aussi, dit Carmélito.

Au même moment, chez l'astronome...

– Je suis de plus en plus persuadé
qu'il existe d'autres êtres vivants
dans l'univers, mais...
ça ne sera pas facile à prouver.

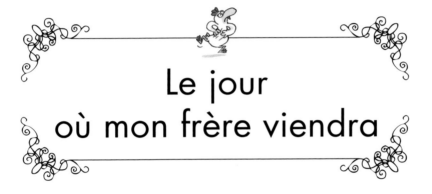

Le jour
où mon frère viendra

Voici venu le temps des poussins !
Poulettes et poulets
font fête aux derniers-nés.
Seul Carmélito, le poulet rose,
est un peu triste.
Il regarde ses copains avec envie.
« Pourquoi je n'ai pas
de petit frère, moi ?...

97

... Si j'avais un p'tit frère,
on pourrait jouer ensemble
à Saute-poulet ou à Tire-l'asticot. »

– Dis, Coqsix, tu me prêtes ton poussin ?
– Ah, non ! Pas question ! C'est MON frère !

Alors, le petit poulet rose
pousse un cri désespéré :

-Moi aussi,
j'veux
un p'tit frère !

Il s'élance vers ses parents :
— Maman ! Papa ! Comment on fait les bébés ?

Carméla prend tendrement
son petit sur ses genoux, et lui explique
le *Grand Mystère* de la vie.

— Tu sais, mon Carmélito,
une maman doit couver pendant trois longues semaines
pour qu'un poussin sorte de l'œuf…

Piticok poursuit :
– Mais la fermière nous prend
tous nos œufs, car ta maman
pond les plus beaux du poulailler !
Et, sans œufs à couver,
pas de poussin !
Carmélito comprend alors
que jamais il n'aura de petit frère.

Mais voici que Pédro le cormoran
propose une chose incroyable :
– Les amis, confiez-moi cet œuf !
La fermière n'aura jamais l'idée
de venir le chercher
dans mon tonneau.

C'est moi
qui vais le couver en cachette !

Voilà une idée… inouïe… insolite…
mais tellement formidable !
– Un bébé en douce, dit Piticok.
– Un poulet clandestin, dit Carméla.
– Un poussin secret, dit Carmélito.

–Oooh,
merci, Pédro !

Et c'est ainsi que Pédro
se met à couver incognito l'œuf de Carméla,
sans que la fermière soupçonne quoi que ce soit.

-Ôte-toi de mon soleil, vilaine!

Chaque nuit, Carmélito
quitte son nid et toque
discrètement au tonneau.
– Psiiittt ! Pédro ?
J'peux voir mon frère ?

– Hello, frérot !

Dans l'œuf, le poussin donne
des coups de patte contre la coquille.
Le petit poulet est tout fier :
– C'est mon frère !

– Comme j'ai hâte que tu sois là,
lui murmure-t-il.

Une nuit, grâce aux progrès
extraordinaires de la technique moderne,
Pédro montre à Carmélito
la fragile silhouette du poussin à travers la coquille.

Enfin le grand jour arrive !

Bientôt, le poussin
sortira de son œuf.
Si c'est un garçon ce sera : Chantecler.
Si c'est une fille ce sera : Carmen.

En compagnie de son ami Bélino,
Carmélito s'affaire.
Il confectionne avec amour
le cadeau qu'il veut offrir
à son petit frère :
un magnifique bâton.

Non loin de là, deux hérissons affamés
cherchent à se remplir le ventre.

Mais, curieusement, ils dédaignent
limaces, insectes et champignons.
Aujourd'hui,
ils désirent faire un festin de roi.

Soudain, le plus jeune aperçoit une pomme...

Son aîné le tire violemment
en arrière…

… car le fruit très appétissant
est un piège tendu par les hommes.
Les deux hérissons décident alors
d'aller rôder du côté du poulailler…

… Là-bas, il y a toujours quelque chose à dénicher.

Dans la basse-cour,
Pédro montre à ses amis
ce qu'il sait faire avec le bâton.
– Hé, admirez, les gars !

– Là-bas ! Regardez !
dit soudain Carmélito.
Deux jeunes hérissons
qui jouent avec…

OC!

… Mon p'tit frère !
Ils volent mon p'tit frère !!!

Aussitôt, une poursuite s'engage.
– Je prends par les champs ! hurle Bélino.
– Et moi par la forêt…
Pédro leur recommande d'être très prudents.

– On va se régaler !
– Lâche-ça !
– Non, moi d'abord !

– Pick !

– Nick !

– La passe ! La passe !

À l'intérieur de l'œuf, le poussin proteste.

Piiii !

-Oh ! Un œuf qui parle !!!

-Attention, Nick !
Y a quelqu'un
dans l'œuf !

Quand Carmélito arrive enfin,
les deux hérissons sont déjà loin.

-Mon frè... !

– Nom d'une coquille !
C'est une fille !
s'écrie Carmélito,
terriblement déçu.

Piou Piou !

– Ouaaiiis, c'est ça ! Moi aussi, trèèèès heureux !

– Laisse ce bâton, Carmen !
Ce n'est pas un jouet pour les filles,
bougonne Carmélito.

Piou

Aïe !

–Bon, d'accord, garde-le, ton bâton.

Carmélito, toujours grognon, montre à sa petite sœur
comment franchir la rivière à l'aide d'une liane.
– Nous devons traverser ici pour rejoindre le poulailler.

– Elle m'énerve, celle-là !

–Piou Piou Piou !
– Tu as faim ? Pfff… Allez, suis-moi.
Je vais chercher de quoi manger.

Quelques instants plus tard,
Carmélito pense avoir trouvé
de quoi nourrir sa petite sœur.
– Tu aimes les pommes, Carmen ?

Le piège retombe
sur le poulet imprudent.

Carmen croit que son frère
fait le pitre pour l'amuser.

Mais elle comprend vite qu'il a besoin d'aide.
Alors, avec son bâton, elle délivre le prisonnier.

– Carmen ! s'écrie Carmélito, le cœur battant.
Comme je suis fier que tu sois ma sœur !

De son côté, Bélino continue à chercher…
– Madame ? Vous n'auriez pas vu passer
un poulet rose à la poursuite d'un œuf ?

… Un poulet très sympa… ?
… Avec un œuf pas plus gros que ça ?

–Carmélitooooo !!!

Dans la forêt, chemin faisant,
Carmen trouve une miette de pain...

... puis une autre... et encore une autre...

– Qu'est-ce que tu manges ? lui demande Carmélito.

Carmen et Carmélito
reprennent la direction du poulailler
quand, au détour d'un sentier…

Les voleurs d'enfants!!!

– Sortez de là ! ordonne Carmélito.
Allez, venez vous battre, si vous n'êtes pas des lâches…

Carmen n'a pas oublié
comment Pick et Nick
l'ont bousculée dans son œuf.
Pour eux, elle invente un nouveau jeu.

-OUYOUYOUILLE !

– Je connais cette voix… !

-Bélino !

-Mon poulet !

Carmélito est intarissable sur sa petite sœur :
– … Tu vas voir, Bélino !
Elle est drôle et elle sait faire
des trucs incroyables !
Il ne lui manque que la parole…

Lorsque la petite dernière
arrive au poulailler,
la basse-cour explose de joie.
Les parents sont très émus.
– Comme elle te ressemble,
dit Piticok en regardant
amoureusement Carméla.

Le plus heureux de tous, c'est Carmélito !

Il a une petite sœur !

Désormais, ils ne se quittent plus.
Et les journées sont trop courtes
pour jouer ensemble à :
Saute-poulet,
Tire-l'asticot,
Mystère et poules de gomme,
Je n'ai plus de plume,
La p'tite crête qui monte, qui monte,
L'aile ou la cuisse,
Petit fermier et son grand couteau,
Grain dur et grain mou,
Picoti-Picota,
J'ai un fil à la patte,
Volons-nous dans les plumes...

Piou !

Un matin, la fermière, étonnée,
s'arrête devant la petite Carmen qui fait sa sieste.
– Ben ? J'te connais point, toi, la p'tiote !
D'où tu viens, mon poussin ?

-Ôte-toi de mon soleil, vilaine !

Nom d'une poule, on a volé le soleil !

Le soleil n'est pas encore levé,
mais petites poules et poussins
sont déjà réveillés.
Coqsix, Liverpoule, Coquenpâte,
Hucocotte, Vienpoupoule et Molédecoq
attendent sagement dans leur nid.
Et, soudain, c'est la ruée !

143

– Ouh-ouh, les parents !
Vous nous faites une place ?

Ce sont les chaleureuses retrouvailles du matin.

Pareillement à leurs copains,
Carmen et Carmélito
réclament eux aussi un câlin.
Carméla les laisse se glisser
bien au chaud, sous son aile,
comme lorsqu'ils étaient tout petits.

Leur père Pitikok est déjà au travail.
C'est lui qui, chaque matin, fait lever le soleil.

Par la fenêtre, Carmen admire son papa,
fièrement juché au sommet du tas de fumier.

Noble et superbe, il lance son appel vers le ciel.

Et, une fois encore,
le miracle s'accomplit !
En cette belle matinée de juin,
l'astre du jour pointe à l'horizon.

– *Papaaaa !*

– C'est notre papa qui l'a fait !

– Quand je serai grande, dit Carmen,
eh bien, moi aussi, je commanderai au soleil !

– N'importe quoi ! ricane Coquenpâte. T'es une fille !
Seuls les coqs ont le pouvoir de faire lever le soleil !

Hélas, le lendemain est un jour sombre.
En effet, Pitikok ne peut décider
l'astre solaire à quitter son lit...
Pire, il se met à pleuvoir.

– T'inquiète pas, Pa' ! l'encourage Carmen.
Après la pluie, le beau temps.

Passent les heures, passent les jours...
Et le soleil reste sourd.
Une semaine s'achève, une autre commence,
mais le soleil ne réapparaît toujours pas.

Le 18 juin, Pitikok lance son appel :

En anglais :

cook-a-doodle!

En espagnol : QUIQUIRIK

En russe :

KOU-KA-RÉ-KOU!

En chinois : WOU WOU!

En irlandais :

CUC-a-vdudal-du!

En japonais :

KOU KOU KOU KOU!

En italien :

CHICHIRICHI!

En allemand :

Kikeriki!

... Hélas, rien n'y fait !

La fin du mois approche.
Toujours pas de soleil...

... et le déluge continue.

Très inquiets, Carmen et Carmélito
interrogent leur ami Pédro, le vieux Cormoran.
– Ce qu'il faut savoir, mes enfants, leur explique Pédro,
c'est que le soleil est un immense jaune d'œuf céleste…

… et quand on ne le voit plus…
c'est qu'il est cuit !

La petite Carmen est consternée.
– Ce pauvre Pédro devient gâteux !
Tout le monde sait que le soleil est
une grosse boule de gaz brûlant…

Pendant ce temps, au poulailler, on complote sur les perchoirs
Les petits coqs se sentent tout à coup
pousser des ailes et s'enhardissent.

— Pitikok a perdu ses pouvoirs ! proclame Coquenpâte.
L'heure est venue de prendre sa place.

– Il a raison ! s'enflamment les autres jeunes coqs.
Allons sur le tas de fumier !

Seul Coqueluche, qui a pris froid, refuse de les suivre.
– Sans boi, les cobains, je suis balade !

Carmen et Carmélito sont très tristes.
Ce matin, leur père a une nouvelle fois échoué dans sa mission.

– Place ! Place ! Écartez-vous !
s'écrient en chœur les jeunes rebelles.

– On va montrer à Môôssieu Pitikok
ce qu'on sait faire ! dit Molédecoq.
– Ouais… Votre père est devenu un mou
de la glotte ! se moque Coquenpâte.

– T'as pas le droit de dire ça de mon papa, s'emporte Carmélito en lui volant dans les plumes.

Carmen, qui déteste les combats de coqs, décide de mettre fin au pugilat.

– Si tu n'étais pas intervenue, Carmen, je les aurais…

– Il y a mieux à faire que de se taper
sur le bec, dit la petite poule.
J'ai demandé à Bélino de nous accompagner.
Frérot… nous allons retrouver le soleil !

– Attendez-moi, tous les deux, demande Carmen. Je reviens.

CRAC !

– Le "cherche-soleil", c'est connu, a toujours la tête
dirigée vers le soleil. Il suffit de suivre la direction
indiquée par cette fleur pour le trouver !

Tu n'imagines pas tout ce qu'elle connaît pour son âge, Bélino…

– Par ici, les garçons !

– Moi, dit Carmélito, je crois que le soleil est malade.
Eh oui ! Quand on est malade, on reste couché.

– Et même terriblement malade, ajoute Bélino, soudain très inquie
Lorsque nous le retrouverons, il sera peut-être déjà mort !

Sur les indications du "cherche-soleil",
Bélino, Carmen et Carmélito battent la campagne.
Avec obstination, ils fouillent les forêts et les bois,
explorent la moindre petite grotte
où le soleil pourrait se cacher...

Jusqu'à ce que...

— Regardez ! s'écrie Carmen, la fleur indique
la direction du Moulin de Colbert.

— Salut, les amis ! lance Colbert
en apercevant les trois aventuriers
épuisés et trempés.

Le canard n'a jamais été à pareille fête.
Un mois de mauvais temps ininterrompu !
Du jamais-vu !
— *La-laaa-la-la-la-liiii...*
Chantez et dansez avec moi !

« *Je chante sous la pluie...*

... Je chanteuuuu sous la pluiiiie... »

– Désolé, Colbert, mais nous,
on n'a pas le cœur à rire, dit Carmélito.

– On cherche le soleil ! ajoute Bélino.

– Si demain le soleil ne se lève pas,
eh ben, papa va perdre sa place, conclut la petite Carmen.

Le soleil ? Colbert n'en revient pas.
– Mais… il est à l'étage ! Suivez-moi, je vais vous conduire.

Nous sommes dans le moulin des frères Montgolfier qui, dans leurs ateliers, fabriquent du papier.

– Et à quoi leur sert tout ce papier ? s'étonne Bélino.

– À imprimer des canards !

TOC !
TOC !

À la queue leu leu, ils traversent sans bruit la chambre des frères Montgolfier.

– Ah ! flûte ! s'exclame Colbert.
La porte de l'atelier est fermée à clef.

– Pas de panique, dit Carmen en examinant les lieux.
Nous allons passer par la chatière !

– Et voilà ! s'exclame Colbert.
Je ne vous avais pas menti.

Bélino, Carmen et Carmélito se précipitent vers le prisonnier.

– Youpiiii ! Il est vivant ! s'écrie Carmen.
Regardez comme il est content de nous voir !

– Courage, vieux ! lui dit Bélino.
Nous allons t'arracher des griffes de ces deux affreux !

Tiré de son sommeil
par tout ce remue-ménage, un des frères s'écrie :
Joseph ! Un poulet rose est en train de voler notre invention !

– Un poulet rose ! Mais bien sûr…
tienne, va te recoucher, demain une dure journée nous attend.

Majestueux et silencieux,
le ballon, libéré,
s'élève aussitôt
vers les cieux.

Emportés par le soleil, poulets, canard et bélier
quittent le plancher des vaches !

Ça n'a l'air de rien comme ça, mais...
c'est le premier vol habité de toute l'histoire de l'humanité !

Carmélito et Bélino découvrent, émerveillés,
que les nuages sont des moutons géants.
Carmen, elle, s'interroge :
– Nom d'une poule ! Vue d'ici,
on dirait que la Terre est ronde...

Le poulailler !

Au même moment,
Carmela accompagne Pitikok à son travail,
en se frayant un passage entre les poules mouillées.
C'est sa dernière chance.

– Pffff ! Il ne réussira pas !
caquètent les commères.

Et c'est dans un silence de mort
que Pitikok lance son cri vers le ciel.

Tandis que le ballon-soleil exécute
un bel atterrissage en douceur...

... le soleil, le vrai, pointe enfin le bout de son nez.

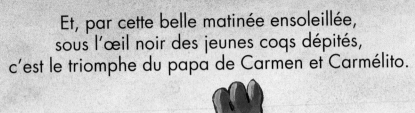

Et, par cette belle matinée ensoleillée,
sous l'œil noir des jeunes coqs dépités,
c'est le triomphe du papa de Carmen et Carmélito.

Cela fait maintenant un mois
que le soleil brille au-dessus du poulailler.
Les petites poules ont retrouvé leur joie de vivre.

Carmen a même inventé un nouveau jeu :

1... 2... 3... Soleil !

Par contre, chez les frères Montgolfier,
le temps est à l'orage.

– J'te jure, Joseph,
avec un poulet rose,
il y avait aussi un mouton et un canard…

– N'aggrave pas ton cas, Étienne,
et pompe !

Table

- J'veux pas dire, mais à l'époque, Christian t'avait pas gâtée : crête tarte, bec en entonnoir... La dondon dodue quoi !

- On parle duquel des Christian, là ?

HIPS !

POULE RASOIR

Carméla

OCT 98

La petite poule qui voulait voir la mer

- Oui, j'en ai vu de toutes les couleurs !

Et puis un jour, enfin, ils m'ont dessinée sautant un mur à la manière d'une star de Ciné. J'étais née !

- Ooh, c'est émouvant ! Le 1er dessin de notre poulailler et tous les ingrédients qui ont composé celui où nous vivons aujourd'hui !

Poulailler commun   Pigeonnier du Tarn...   sur pilotis   Tuiles de Bourgogne   Colombages d'Alsace   Borie du Haut Var   Et voilà l'oeuf

- Sauve qui poule !
Des pi ... des pipi ...
Des pirates !

- Revenez, petits froussards ! Ce sont les marins de Christophe Colomb, pages 26/27. Mais, ils étaient trop voyants. Dans la version qui suit, Christian ne dessinera que leurs pieds.

mais quel Christian à la fin ?

Hips !

il ne restera que la casserole et enfin plus rien !

- Il était plus efficace de les entendre parler sans les voir. Le texte a pris alors le pas sur l'image.

- Pfff ... Recommencer, recommencer, et encore recommencer ...

- Oui, environ 4 mois pour inventer, crayonner et écrire l'histoire. Et 2 mois pour que Christian réalise les illustrations des 48 pages.

- Dans ce bazar, soudain, tout s'organise. C'est ce qu'on appelle le chemin de fer. Chaque case est comme un wagonnet, avec son bout d'histoire. Il faut faire entrer tous les éléments du scénario dans les 48 pages. Choix cruel !

- Voici les pages de brouillon qui ne feront jamais partie de l'album.

- Un jour enfin, tout est en place ! Les Christian estiment que leur histoire est prête. C'est fini...

Christian

Christian

Hips ! Hips !

- Heureux et émus, ils se rendent alors à Paris pour proposer leur nouvelle histoire des P'tites Poules à M. et Mme Pocket Jeunesse, en espérant qu'elle leur plaira...